詩集

消えない声

甲斐知寿子

VOICE
NOT
TRAILED
OFF

鉱脈社

目次

I

Ⅱ

装幀　榊　あずさ

詩集

消えない声

I

蛙の声

台所に立っていると
ふと
蛙の声に
土の香りが胸を掘り起こす
ヨメナの花のトンボとり
オオバコのひっぱりこ
わたしは

手を止めて
あやとりのなかにいる

みにくさ

きっと
明日には忘れる
明後日には消えてしまう
けれど
こなごなに
切り刻まれた
わたしの肉片の異臭

酒で割っても
わたしを追いかける

鎌

冬から春
春から夏へと
まちがいもなく
季節は変わっていく
月明かりに
鎌を
振りあげるカマキリに

どこかで
鎌を振りあげている
わたしを見る

木の葉

昔
狐は
木の葉をお金にかえて
楽しんだ
人間は
時間をかけて
木っ端を紙にかえた

それから
前葉とか次葉とか言って
歴史を書きとめている

何者

追いかけられて
夢中で
走っていると
それは
わたしを通り抜けて
前を去っていった

目が覚める
あれは
何だったのだろうか

立て

輪を描いて
障子に
鳥の影のころぶ
仏間に
沈んでいる道
願わくば
鉦の音よ

部屋を押し広げるまえに
わたしをたたけ

板門店

ここは
どこ
手を振りかざすことができない
歌も唄えない
いまにも切れる仕付け糸のような
凍った空気
ざわめきもなければ言葉もない

わたしを襲う過ぎた時間

対峙する兵士の目の奥にあるものは
祖国ではないはず
失われた笑顔のうえを
鳥だけが羽ばたいて渡る

河回村*は

キラキラと
村を抱くように
三神堂の欅は枝を広げて
六〇〇余年のほほえみを投げている

耳をすませば
颪の音

人の歩く音に
華やぐ声が路地を這っていく
のどかに時がほぐれて
わたしも連れだって
チマチョゴリを着て歩いている

ゆっくり
流れ出る液体のように
曲がり曲がり村をめぐる
轍のない道

そびえ立つ山々の

紅葉を背にまつわる
ただよう時間の帯のひび割れに
わたしは
わが国の有り様に足をとられ
振りかえる笑顔に
水を浴びせられる思いがする

＊河回村　韓国安東市郊外にある重要民族伝統村で、洛東江が蛇行して村を囲んで流れている。韓国の代表的な同姓村集落。瓦屋と藁葺屋が時を静かに語っている。

かがみの鏡

アリラン

アリラン　アリラン
アリラン
あちらこちらから
アリラン　アリラン　アリラン

アリラン　と

歌は
歌を呼んで
全南《チョンナム》は立った
落下する弾けることばが
溺死するわたしを踏みこえ
万華鏡のなかは
ただ
ただ静かだ
わずかな身体の動きのずれに
大きく波打つ

ことばの群れが
打ち寄せてはうねり
うねっては
ことばを産んでいく

正門を出ると
教会の鐘の音が
木槿の樹々を浮き立たせている

〈韓国、井邑市、東学農民革命記念館にて。万華鏡の一室がある〉

Ⅱ

釘

美空ひばりが
一本の鉛筆があれば
戦争はいやだとわたしは書く
と　歌う
その声がテレビのなかの
飢えた子供を大きくする

ちちははが
すべてを破壊するものは戦争だ
おまえの息子に
この青空を引き継ぐのは
おまえだけだと刺す釘

グレーが美しい理由

あ　しゃぼん玉
生け垣の向こうから
風に喫われ
喫われて壊れるさま
ときおり
子供の歓声がかすかに聞こえる
のどかな風景

もう　春の始まりなのだ
いちめん燃え広がる
野焼きの火の匂いに
立っているわたしがいる
これがおうどんの麦
こちらが御飯の麦だと
指さす父がしゃがんでいる
夕暮れの散歩道

どこからか
ヘンデルの「わたしを泣かせて」が

火の匂いにたなびいている
グレーが美しいのは
わたしのなかに棲む
物語をひもとくからだ
微熱が
野焼きの火の勢いに燃えている

レモンティーの誘惑

時計が
「ペールギュントの朝」を奏でている
はっと
目覚める体内時計
リビングの窓を開け放つと
聚楽からなだれ込む蟬の声
確かな息をしている

私も大きな背のびをする

今日は何日だったか
ガスの炎が
ゆっくり青々と
わたしを眺めている
そうだ
あの人に会う日だった
クローゼットの
服たちがざわめいている

鏡の鏡の

もうひとつの鏡に写る
わたしの顔を緩めるほつれ毛と
レモンの匂いのきつく絡まる腕に
はたと
鳴きやむ蟬の声
何かが無風な空間をよぎる
今日こそ苦い苦いコーヒーの刻

金色の色紙

さりげなく投げつけられる
オナモミの
爆ける《はじける》ことばの実が
生成り《きなり》のスカートに散らばる
わたしは
ひとつひとつのことばを集めながら
あの日

わたしはどこにいたのだろうか

湖の水を欲しがる
しだれるレインツリーの並木で
釣り上げた魚に拍手の歓声
ジョギングの二人連れ
緑あふれる公園は
さんさんの陽ざし
遠ざかるバスの音に
ただ　浮遊しているわたし

もう　深い秋

解けない図式で
飛び交うアキアカネ
夕焼けは
金色を酷使する雲のクロッキーだ
すばやく摺りかえる雲の行方に
あの日の
タバコの匂いがたなびている

切れない糸

何！　秘密！

ウーン
秘密があるって大人の証拠でしょ
太宰治も言っているヨ
何だか　このごろ
急に　わたし背が伸びたみたい

御飯もキラキラするし
なぜか　あの声を聞くと
ギクッと金縛りになるンだ
バス停が弾け笑っている

その声に
染まる夕焼けに
滲むわたしの鎖骨の中心に
あの頃のわたしが駆けている
はにかみと
笑いと
そして失くなってしまった朝

年月は
忘れしまうことを教えた

燻っている
野焼きの火の残り香を
バスの窓から集めている
わたしは
戻らない日々と
明日からの新しい日々を
静かに結んでいる

あのひと

スクランブル交差点のなかほどで
グッと眼を射られた
わたしは倒れ
倒れながら
これは夢なのだ
あの人が
ここにいるはずがない

下駄を履いて旅に出る
エーゲ海の波にも消えない
下駄の音が
昨日今日と
空を行ったり来たりする
その音の狭間に
いるはずもない
あの人が開け放つ窓

笑いながら
すてきに

わたしを歩かせるパーティーで
ワインをかざしているとき
向こうのテーブルから
滲んでくるこの振動は
いるはずもない
あの人の声だ

夕日の窓が

チリガミ?
ボク　知ってるよ
チリとゴミのことでしょ
すかさず
ホラ　見て
木にティッシュがかかってる
指さす先に

まっ白な泰山木の花が
ひとつ
猫を追う姿を笑っていた

あれから
三十年
窓を埋める
シマトネリコの花の群れを
染めあげて行く
夕日の動きに
わたしは
ただ　日の流れに

巻かれていたのだろうか

まよいなく
くすんで行く夕日
その
その襞の奥に
一瞬
眼を射る一条の光
はっと
わたしには
まだ　わたしの旅があるのだ

座ったままの夕日

パソコンのごみ箱に
何度も何度も
何度も
繰り返し消去すれども
だしぬけに
振りかぶる声

土手を埋めつくす
いつもの
燃え尽きるほどの彼岸花が
今年は
一本も咲かなかったのは

秋の夕焼けは
次から次へと姿を変えて
わたしに
いくつものの
小さなエッセイを
めくるめくらせ

浮きたたせるいたずらもの

あのひとは
たしかに　逝ったのだ
手も振らず
悔しさだけを
しかと　噛みしめて

三月の空

赤いワインに
ころがる笑顔が
わたしをはずませる
世界地図を
めくるめくように広げる
あなたのしぐさに
わたしの

明日が沈んでいる

満開だネ
アーモンドの花の庭先に
散らばる花々が
同じブレスレットの動きを
凝視している
その遠くに
わたしを刻んでいる
海

パックリ

食べないと意味ないチョコだョ
口のなかを
ゆっくり埋める味は
いままでの時間
わたしは
何を
探しているのだろうか

天の岩戸神社

鳥居をくぐると
風のさざ波
歩く玉砂利の音が
キラキラと
足裏から襲ってくる
わたしの
過ぎ来し方の日々が

木漏れ日に浮かんでいる

噛みしめながら歩いていると
森閑の樹々のなかを
鳥の声が
さわぎざわと渡る
その彼方から
おごそかに近よってくる
笛や太鼓の響きに
吸われていくわたしがいる

社に着くと

開かれた社殿では
御幣を手にして
猛り狂う神々の舞いに
神は永遠だと
溶けている氏子たち
あるがままでいいと
失くなっていくわたしもいる

消えない声

向かいの家の
シマトネリコの花の群れに
ときおり渡る
風のすき間すき間に
笑顔を見せる父がいる
眼をこらせば
手を振りかざす父もいる

この整列させられた墓の道には
軍靴の音がする
違う道はないのか
泣き倒れる戦友が燃え上がるのだ
どんなことがあっても
戦争だけはするなと
ひどく
わたしの窓をたたく音が響く

揺れる
シマトネリコの

花を浮き立たせる父の声
華麗なテレビではなく
たむろする飢えの痛ましさと
愚かしさだけを散らす戦いを
杖つく父とともに
わたしも
積乱雲のうえから拒否する

かなしみ

――S氏の死を悼みて――

湧き上がる柳絮
動かない風に
ただ浮遊している大通り
時計の音の海のなかで
笑顔が
奪われた時間を広げる
鏡の奥

開ける窓の軋みに
重力をなくした声とことばが
部屋を広くしたり狭くしたりする
テーブルクロスに染みた匂いが
眼に見えない傷は
すぐに消える動画だと
背中を刺す

窓辺に
たなびいて侵入する柳絮
裸足の部屋で

胸の文身を乱す眼を
散らかせばいい
行かせて！
カフェテラスの街へ

終焉

伯母は
いつも伯父が出かけるとき
切り火を切った
そして
南天の下で
鳴滝大明神に灯明をあげ
手を合わせた

すべての白が
時間を吸収していった
おまえには
この織部の茶碗をやろう
今　初めてわかる
無菌室のなかの
のどぼとけが
氷の硬さをみせて
白い笑いに引きずられた

愛とは

凝視の永続である
伯母は
いままでの習わしで見ていた
そしてくずれ
何かが
さざん花の垣間をぬって出て行った
あれは生なのだろうか

白い布

サーフボードを小脇に
あなたはうねりに向かって走った
空が怖かったが
湧き上がって立ち並ぶ積乱雲は
あなたとの共有物だった
光って弧を描く水平線が
あなたを大きく大きく捉え

あなたに吸い寄せられたわたしは
あなたのポケットからこぼれた

シーツを干すたび
洗剤の匂いに残されたわたしが
幾何学模様に透き通って庭に積もる
積もって乱れても
乱れるままわたしは
真っ白な布に溶けて応えを拒んだ
その方がいい

その方がもっと鳳仙花が弾ける

ふわりと揚げ羽が舞い上がる
鱗粉を残して
今朝のわたしのように

黄色い空

まるで
蟻の葬列だ
見えない出国に
手を引かれた
幼児の背のリュックから
口を押さえる絵本が覗いている
しっかり

握りしめるパスポートだけが
緑を放っている

何事もなく
ぼんやり浮かぶ昼の月
美空ひばりが
一本の鉛筆があれば
わたしは戦争はいやだと書く
と　歌う声が
たたなづく雲の切れ間から
スキャットの旋律で
漏れてくる

すべもなく
ただ　押され歩く行列に
真綿色に染まるわたしの日々が
息を呑み　胸をえぐり
この比重の落差におののくわたし
指をくわえて
じっと　わたしを見つめる
幼児の眼の奥には
何が写っているのだろうか

［初出一覧］

Ⅰ

蛙の声　夕刊デイリー（1986・6・18）
みにくさ　夕刊デイリー（1986・6・17）
鎌　夕刊デイリー（1986・6・6）
木の葉　夕刊デイリー（1986・6・14）
何者　夕刊デイリー（1986・3・5）
立て　夕刊デイリー（1986・5・29）
板門店　「韓国紀行の旅」（2008・9・20）
河回村は　「花」51号（2011・5）
かがみの鏡　「花」53号（2012・1）

Ⅱ

釘　夕刊デイリー（1986・5・2）
グレーが美しい理由　「花」50号（2011・1）
レモンティーの誘惑　「花」49号（2010・9）
金色の色紙　「花」57号（2013・5）
切れない糸　「花」63号（2013・9）
あのひと　「花」59号（2014・1）
夕日の窓が　「花」58号（2013・9）
座ったままの夕日　「花」61号（2014・9）
三月の空　「花」60号（2014・5）
天の岩戸神社　「花」55号（2012・9）
消えない声　「花」52号（2011・9）
かなしみ　「花」62号（2014・5）
終焉　「花」54号（2012・5）
白い布　「花」56号（2013・1）
黄色い空　「花」48号（2010・5）

甲 斐　知寿子（かい　ちずこ）

1941（昭16）年　福岡県直方市生

詩集『チガヤの海で』（1987年 鉱脈社）
　　『日々の雫』（2002年 本多企画）
　　『でも…』（2009年 本多企画）
所属詩誌「花」同人、
　　宮崎県詩の会、宮崎文学会、日本詩人クラブ、
　　各会員

現住所　〒880-0301 宮崎市佐土原町上田島1143-21

詩集 消えない声

二〇一五年七月二十四日 初版印刷
二〇一五年八月十五日 初版発行

著 者 甲斐 知寿子 ©
発行者 川口 敦己
発行所 鉱 脈 社
〒八八〇 - 八五五一
宮崎市田代町二六三番地
電話 〇九八五 - 二五 - 一七五八
郵便振替 〇二〇七〇 - 七 - 二三六七

印刷 有限会社 鉱 脈 社
製本 日宝綜合製本株式会社